# 百日紅

*Onouchi Michiko*

小野打美智子句集

ふらんす堂

# 作品にふれて

# 鹿の瞳の近づいて来る冬の草

馬の目も牛の目もやさしいが、わけても鹿の目には独特の親しみをおぼえる。目を瞳と表現したところも作者の印象、たとえば奈良の春日神社でもよいが、ともかく人慣れした鹿であることは言うまでもない。この句の微妙なところは、下句の「冬の草」という措辞。冬の草という場合は、冬さ中にもみどりを宿している草である。つぶらな瞳とこのみどりが作品の詩心。

飯田龍太

〈NHK「俳句春秋」平成五年五一号〈秀句について〉〉

藪枯しもうその先に道見えず

「見えず」というのだから道はあるのだが藪枯らしのあまりの繁茂のために見えなくなっているのだ。あなたにはこんな、人の邪魔をすることしか出来ないのとでも言いたい気持ちではないのか。別名貧乏蔓とはまことにこの場面、当を得ているだろう。

廣瀬直人

〈「白露」平成一三年一月号〈作品にふれて〉〉

目次＊百日紅

# 句集　百日紅

# Ⅰ　昭和六十一年～平成五年

囀りの奥へ奥へと畑を打つ

忍野八海夏雲は水の上

百日紅子が小走りに父のあと

地獄図の朱の剝落秋の雨

藍甕に藍のしづまる良夜かな

ちちろ鳴く心せくもの何ならむ

夕鵙や池の暗さの計られず

大屋根の片側が濡れ冬はじめ

松過ぎの庭掃いてゐる父の影

寒き朝棒鱈の水替へてゐる

水底の海胆に夕星またたけり

小学校前の駄菓子屋かげろへり

松山へ夫単身赴任

耳慣れぬなまりたのしき遍路宿

札所寺開け放たれし春障子

草抜きて十薬の香につき当たる

たつぷりと航跡のこる夏初め

藍甕の匂ひ立ちたる雷のあと
孑孑の浮きて懈怠のありにけり

庭石に蟇存分の月を浴ぶ

地下街に香の物買ふ残暑かな

僧の手に念珠がちらと秋の風

秋日和心音恙なき胎児

木の実草の実甲州の宿場あと
カリンの実笹子峠は雨ならむ

冬ぬくしことに鼻緒の紅のいろ
山の子に山の色して初雀

身の内の糸のほぐるる春の波

蕗味噌の香に団欒の一家族

磯の春蔦の鎧ふなにもなし

なに見るとなく山を見て花辛夷

かげろふやこまかきものに畦の花

やはらかき通草の花に山の雨

芋の苗植ゑて下総曇りぐせ

埋め戻す土に十薬匂ひけり

潮の香の近づく安房の水田かな

緩やかに渦巻く波や夏はじめ

柿若葉胃の腑くまなく診られたり

高幡不動祭

次々に護摩木焚かるる大暑かな

護摩太鼓真下に鳴れり濃紫陽花

池涼し寺苑めぐりの少女たち

涼しさの暗がりに置く舟簞笥

田の神に半眼の蟇はべるなり

鐘楼を囲む大杉蟬しぐれ

ひとと逢ふことも仏縁鰯雲

たれも見ぬ渡し場跡の野紺菊

冬構へをりをり通る船を見て

明るさは春の鸚鵡の一語より

虚子亡くて山の椿の咲き続く

単燕をときをり覗く整骨師

甲冑の姿勢正しき春の闇

薄荷の葉一枚にある涼気かな

訃の知らせ人づてに聞く大暑かな

青柿や農家に停まる救急車

昼の虫ひそと両界曼荼羅図

瀬の音を離さぬ山廬秋初め

望月の光を返す黒葡萄

天平の礎石全き枯れの中

冬ぬくし仏具店より乳母車

年惜しみつつ雑踏の中華街

囀りや木々深々と多摩御陵

昂れるものを身ぬちに牡丹の芽

父と子の話してゐたる夜の秋

秋の花香りを競ふことをせず

胆石手術

長き夜やベッドの脇の松葉杖

見舞客連れ立ち帰る秋風裡

安静の耳のみ聡し鵙の声

昼炬燵六腑のひとつ失せにけり

明治神宮

東京に森ある不思議鴛鴦の池

鴛鴦の争ひはげし神の池
蕗の薹子の声いつか遠くなり

仏壇の中が賑やか桜餅

よちよちの子にはじめての紋黄蝶

稽古着の少女の腕の子猫かな

龍神のまなことおもふ青胡桃

武蔵総社欅並木の青嵐

盆過ぎの郵袋降ろす連絡船

墓碑銘のたれかれとなく風花す

薬師寺東塔風花のしきりなる

登り来て真言密寺雪催

鹿の瞳の近づいて来る冬の草

尾道にて　二句

海苔粗朶に瀬戸の夕波きらきらす

明日渡る大橋茫と桜の芽

山風に甘え心の辛夷の芽

「白露」創刊

薫風や神馬幼き首を振る

鈴一つ土産としたる薄暑かな

下闇や加羅びとに似て摩崖佛

ペガサスの耳輪が揺れて日焼けの子
かなかなや衣桁に喪服架けしとき

母臨終まで

母を見舞ひて公園の草の花

病人のまなこ澄みゐる小春かな

冬の雨母にひとの香うすれゆく

加湿器のかすかに音す冬の夜

咳とても母に生ある証しなり

冬空へ母は佛になりに行く

外凍てて母のたましひ出て遊ぶ

凍る夜の刻々消えてゆく咳よ

咳止んで臨終といふ別れかな

寒き夜男哭きてふ弟よ

慟哭ののちの放心冬の闇

# Ⅱ　平成六年～平成十三年

花吹雪輪になつてゐるどの子にも

美濃三川図涼しさの玻璃の中

亡き父と母と睦みて昼寝覚め
鴨の声すばやく過ぐる一周忌

月あげて大き山ある敗戦日

広島市比治山にて

虎落笛通信少年兵の墓

春暁や瓦のひとつひとつ濡れ

耳聡き老人とゐて日永かな

沖縄旅行

葉桜や壕跡といふ暗き口

勤行の声筒抜けに茄子の花

柿若葉消息コツと無かりけり

棺見送る片陰の生徒たち

虫干しやずしりと重き金モール

野馬追の一騎離れて草を喰む

葡萄手に享保地蔵の前通る

横文字の花の名忘れ種を蒔く

惜春や献灯ひとつづつ灯し

特急の定刻通過葱の花

山風にまぎれず咲いて朴の花
目の前を尾長のよぎる秋日和

秋日和土産とせむか魔よけの面

ひと気なき路地に親しむ雪蛍

浮寝鳥月上弦を張りゐたり

如月の二すぢ伸ぶる轍かな

伊豆大島

黒潮の此処にて変はる春の航

大島椿径また風の通る径

花鋏かすかに鳴らし別れ霜

ベイブリッジ海に弧を張る朧かな

水無月や味噌香ばしき焼結び

本降りの中を荒ぶる神輿かな

いち早く霜置く甲斐の赤のまま
格子戸の木目細やか秋の風

実直な顔そのままに案山子立つ

銀杏散る飛騨国分寺よく晴れて

秋祭り記憶に父の肩車

玉菊の一枝供ふる巴塚

黒葡萄満ちて夕星またたけり

冬深しことに埴輪の武人の瞳

大学の弓道場の鏡餅

病む友に肩かしてゐる梅日和

青空の張りつめてゐる花辛夷

雨を来て雨振り返る花疲れ

針差しにもどす待針百千鳥

庄司圭吾師ご逝去　四句

瞑れば師の面影を朧月

安房を遠くに春暁の師の忌かな

菜の花や色紙いちまい師の形見

百日を経たる師の忌や半夏生

暁の潮騒に覚め夏鷗

干し上げてシーツ波打つ立夏かな

傍線の多き育児書曝しけり

みんみんの声浴びてゐる車椅子

理科室の人体模型夏休み

馬の居ぬ馬小屋匂ふ暑さかな

草の穂や大河のごとき高速路

八ヶ岳の一岳曇るななかまど

初孫晴香誕生　七句

冬ぬくし生まれて三日嬰の熟睡

命名の筆選びゐる小春かな

初泣きの赤子の声もめでたけれ

冬ぬくし子に折つてやる千羽鶴

ぐづる子のすとんと眠る梅日和

いとけなき寝息ひたすら雛の前

海を見に来て房州の花菜畑

ふらここのまつすぐに垂れ団地の夜

よく伸びる赤子の手足みどりの夜

艶やかに小海老煮詰めて年用意

海女小屋へ小径あやふし金盞花

わが膝に纏ひつく子や花曇り

吾妻橋言問橋や初燕

初燕ひと入れ替はる船着場

念力のあらば雨呼べ青胡桃

津軽三味線冷房の雪舞台

捨ててある甕に龍の絵草茂る

稲光音なく夜の雲照らす
飛騨は雨すでに懈怠き曼珠沙華

藪枯しもうその先に道見えず

図書館にうたた寝たのし敬老日

親の墓掃く間も落葉しきりなり

もう逢へぬ母の賀状を読み返す

遊ぶ子のよく通る声日脚伸ぶ

# Ⅲ　平成十四年〜平成二十二年

校門は多摩の石積み卒業歌
泣きじゃくる子の目の高さチュウリップ

万緑や日々新しき子の言葉

炎天を来て葬列の座に着けり

木下闇刺すたび光る畳針

兄の忌や夕蜩の鳴きはじむ

頬杖の癖いつよりぞ小鳥来る

目鼻なき紙人形の秋思かな

柿の名の太郎次郎や夕日濃し

高野への畦径どこも曼珠沙華

張り替へて障子に午後の陽の匂ひ

武蔵野の秋は雑木の小径より

いくつもの冬刻みしか古時計

義仲寺へ急ぐともなく花の冷え

大津絵の鬼の衣も朧かな

石垣に劫火の黒さ松の芯

バス停留所むつとある草いきれ
川音も秋めく女人高野かな

室生寺に咲くもえにしや曼珠沙華

露地を曲がれば塀越しの富有柿

小春日のしばし輪投げに興じけり

しんしんと真言密寺白牡丹

また別の風が触れ行く白牡丹

鬱と紫陽花採血の帰りかな

龍神のゐさうな池の花うつぎ

吾亦紅峰に雲湧きはじめけり

木の梢の風も秋めく円覚寺

築地がんセンター　長男の妻和子入院

草紅葉海軍兵学寮跡碑

野分後の赤松ぬきんでて淋し

古民家のうしろは林小鳥来る

七草の粥そそくさと子は塾へ

法隆寺

門よりも高き黒松冴え返る

斑鳩の歌のいしぶみ梅真白

賓頭盧の目鼻分かたぬ梅雨さ中

絵画展梅雨を来て子のまなこ澄み

兄おとうと扇子使ひて寡黙なり

落葉掃くくれなゐの海漕ぐやうに

多摩川の渦嬉々として初日かな

いつも来る猫に鳴かれて春隣り
ナースセンター七夕の笹が揺れ

癌病棟星に願ひはみな平癒
拾ひたる銀杏ひとつもてあます

淋しさのかたまりとして烏瓜

夕早き山のホテルに暖炉燃ゆ

青空に行き処なし冬の蝶

初冬や白鷺水に動かざる

不揃ひに枝揺れてゐる寒さかな

飯田龍太先生ご逝去

生前の声ありありと花辛夷

赤松は寡黙な木なり春の雪

佐渡

ひきがへる老いの世阿弥にはべるなり

夏暁や雨戸巡らす能舞台

篝火の爆ぜたる先の茂りかな

細首の青磁に適ひうめもどき
つやつやと紅の一途のさねかづら

高千穂

矍鑠としてをろち舞ふ里神楽

飛行船追ふものなくて初日かな

和子逝く

絢爛の八重桜見ず逝きしかな

遺されて桜吹雪を見てゐたり

胸痛きほどの悲しみ春炬燵

かなしみの襞幾重にも白牡丹

梟の次の声待つ青葉闇

どの草も命燦々梅雨明くる

母なにか言ひしか闇の涼しさに

あつけなく過ぎてしまひぬ盆三日

良寛の手毬のいろの冬茜

木の影の昨日より濃き四温かな

来てすぐに帰るといへり百日紅
散り敷いてくれなゐの海百日紅

水に浮く紅葉曼荼羅世界かな

太極拳指の先なる秋の空

女坂なれど急坂蔦紅葉

かいつぶり無明の闇を浮いてきし

やさしさの安房の日ざしや金盞花

振り向ける雉の目険し声もまた

文化の日少女ばかりの鼓笛隊

黄落や余白明るき八一の書

煮崩れも良しとす冬至南瓜かな

# Ⅳ　平成二十三年〜平成三十一年

西行の歌集閉づれば春の雪

囀りやまたも眼鏡を置き忘れ

風の日は風に遊びてミモザかな

平成二十四年「白露」終刊

そのうちと言ひて別れぬ秋の風

平成二十五年「郭公」発刊

何もせずいちにち終る石蕗の花

笑ふ目の近づいてくる黒マスク

恋猫の鈴を無くして戻りけり

武蔵野の逃げ水追ひてらちもなし

古民家に大釜干して夏初め

孫　希美

髪上げて細きうなじや七五三

七五三うしろ姿は母に似て

虚子とうに亡しせつせつと冬の海

小春日や畏れつ触るる蛇笏句碑

選挙会場扉が開いて牡丹雪

追悼の色問はるれば白椿
しやぼん玉浮きたる先の行方かな

父母恋ふに百日紅の戦後あり

緋メダカにまことのいのちありにけり

朗読の静かな舞台濃紫陽花
イヤリング揺れてキャンパス緑濃し

耳目集めて碧眼の白上布
いもうとと疎開を語る夜長かな

いくばくか風あるらしき竹の春
竹の春父に逢ひたきことしきり

仕舞湯に目つむりをれば除夜の鐘

七日粥子はそそくさと英語塾

卒業歌洩れくる垣に佇めり

晴香　中学校卒業

束ねたる髪にこだはり卒業す

見送りし子の遠くなる朧の夜

立てかけしまま琴古りぬ花朧

春の蟬音信遠くなりしかな

冷奴夫婦急くことなくなりぬ

軍艦と見紛ふホテル台風過

朗読の順番近し足の冷え

朗読会果て満月の大いなる
白鳥の睦みて皇居静かなり

割り切れぬ円周率や梅は実に

少女らの破れジーンズ夏旺ん

だまし絵の前をしばらく秋扇

稲穂波けふの赤子のよく笑ふ

馬込には九十九坂秋暑し

冬の雲速し象舎にはな子亡し

雪ばんば民話おほかた恐ろしき

かな文字の余白すがしき賀状かな

蠟梅や昭和をさらに遠くせり

筆硯の涼しく置かれ遺墨展

紫蘇摘むや娘は祖母に瓜二つ

夏料理長子一人が欠けしのみ

大仰に鴉に鳴かれ黒葡萄

鎌倉を目指せし古道曼珠沙華

なにげなき夫のひとこと冬ぬくし

# V

## 令和元年〜令和六年春

鳥雲に入るや赤子は指しやぶり

紫蘇の香の記憶に母のワンピース

人形に子が声かくる夜の秋

多摩川の此処にて曲がる蚊喰鳥

ジム通ひもう止めようか天の川

思惟佛のおん眉桜紅葉かな

黄菊手向けてしばらくを伊吹山

ブティックにいつものマダム居て小春

コンサート果てて師走の二日月
かたはらに猫の熟睡毛糸編む

風邪の子に正午を告ぐる鳩時計

余生など知る由もなし日記買ふ

案内板確かめてゐる冬帽子

薄氷や緋鯉の眠り浅からず

名草の芽いくさ無き世の続きをり

梅の園ひとりの時を楽しめり

梅雨晴間素早くよぎる鳥の影

窓拭きのゴンドラ危ふし鰯雲

読み進む龍太全集年の夜

コロナ蔓延

はばかりてコロナを記す初日記

これよりの月日茫々年初め

鶯や広域避難場所の午後

コロナ蔓延　三句

青紫蘇やすでに飽きたり家籠り

誰も来ずどこへも行かず冷奴

疫病のつづく長し秋暑し

たましひのひとりあそびや秋の蝶

一抱へほどの記念樹年逝けり

蟷螂の斧振り上げしまま枯るる

目薬の一滴寒き港の灯

菩提寺や万両の実のまくれなゐ

芝の地球儀太平洋に春日射す

春の夜きりりと締むる琴の糸

紅梅の空分かち合ふ龍太の忌

花の寺袱紗に包む朱印帳

群れて咲く十薬ひとひらの孤独
観音のみ手に紫陽花届きさう

炎暑なほ玉音放送忘られず
父母にある若き日の惨炎暑かな

学徒動員訥々話す汗の夫

行く秋や蝦夷の秘佛に似るこけし

秋思かなことに細身の飛鳥佛

木々枯れてけものの匂ひうすれけり

年逝くや余命誰にもはかられず

境内に千の提灯年用意

来し方のほろりとありぬ鏡餅

良き風の生まれてゐたりシャボン玉

楊貴妃の瓔珞に似て花木倍子

湧水やすでに惚けて猫柳

白牡丹その純白を楯となす
五月晴れわけても生くる力満つ

漆黒の雲被さり来青葉木菟

青梅雨や皇居離島のごとくあり

風鈴のかすかに鳴るは空耳か
おくれ毛の吹かれてゐたり更衣

一日を無為に過ごせり蚊喰鳥

ゑのころやこの頃聞かぬ子守唄

八月や母のよはひをとうに超え

秋冷え冷えと等伯の松林図

手をかざす先に白帆や蜜柑山

冬うららスマホゲームの小学生

黄菊白菊境内に人増ゆる

露座佛の伏し目におはす寒旱

大年や桶の青菜に水溢れ

春の星細身のスカイツリー浮く

老猫の眠ってばかり春の雪

遠いオカリナ堅香子の揺れやまず

花に雪降るひとの死は唐突に
ながらへていつしかふたり春惜しむ

夏草に溺れてゐたる測量士

吾亦紅空の真澄を八ヶ岳

武蔵国分寺　三句

崖の水きらめき涼を新たにす

崖の径湧水秋を惜しみなく

鷹狩の野とや秋萩揺れに揺れ

鳥のこゑ聴き分けてゐる小春かな

冬ぬくし金管楽器玻璃の中
仄かなる香に蠟梅の矜恃あり

そらんずる般若心経蝌蚪の水

春の夜や瞳持たざる千羽鶴

デッサンは考へる人百千鳥

薫風やいま庫を出る大太鼓

柳生道田水に映る石佛

地下街の馴染みの鮨屋傘雨の忌

教会の十字架古りぬ麦の秋

多摩の丘こここそ浄土や蓮の花

墨磨ればその香秋立つ日なりけり

抽斗に猫の鈴鳴る霜夜かな

湯豆腐や一人の夕餉すぐ終はる

寒晴れや一天富士のゆるぎなし

老い猫のひねもす眠る春の雪

春の闇生家戦災にて失せし

焼夷弾てふ霰受けしか雛らは

焼かるるも微笑みゐしか内裏雛

平穏に生きいま貝合せ雛祀る

露けしや世を経し母の黒真珠

藪枯しいつより人の住まざらむ

雪蛍穢れなき身の漂へり

白鳥の声磐梯山に雪招く

筆塚に崖の迫れる藪椿

花満つる道まっすぐに逝きし友
花びらの濡れていちまい靴の先

みづうみに映えて孤高の山ざくら

桜餅ともに老いたりあねいもと

終戦の日の百日紅を舞ひ
囀りの奥へひとすぢけもの道

# 跋

井上康明

小野打美智子さんの句集『百日紅』はこの一句から始まる。

囀りの奥へ奥へと畑を打つ

昭和六十一年、五十代前半の作品である。春、鳥が囀る山間の畑を、その鳴き声に誘われるように耕していく。畑を打って進もうとする意志が感じられ、情景に作者の思いが滲む。その姿は、俳句の道を進む美智子さんの姿を彷彿とさせる。

この句集『百日紅』は、作者五十代の初めから現在の九十歳に至るまで約四十年間の作品四百五句を収録する。句集名となった百日紅の句はこの句集の中に五句収録されている。

百日紅子が小走りに父のあと
来てすぐに帰るといへり百日紅
散り敷いてくれなゐの海百日紅

父母恋ふに百日紅の戦後あり

終戦の日の百日紅宙を舞ひ

前の三句は、日々の暮らしの風景、後の二句は、先の昭和の戦争を語る。その終戦の八月十五日、玉音放送を聞いた時、百日紅が舞うように咲き盛っていたのだ。十一歳の作者はその光景を深く記憶にとどめた。そしてその日から父母と共に長い戦後を暮らしてきたのであろう。この句集のテーマは、百日紅に象徴される終戦と戦後の日々にある。同時に例えば、前の三句の父と子の家族の風景、百日紅自体を描く自然詠など、ここには、日常へそそぐ濃やかな眼差しがある。

父を追う子の情景は、百日紅が咲いて、健やかな家族の一場面を鮮やかに掬いとっている。「来てすぐに」の句は、子が成人して独立した後、母を訪ねて来たのだろう。都会に生きる母と子の姿を百日紅を背景に活写する。「散り敷いて」の句は、落花を海と喩え、百日紅の大樹を想像させる。日々の暮らしの風景をたしかなデッサンによって描く。

秋日和心音恙なき胎児

身の内の糸のほぐるる春の波

年惜しみつつ雑踏の中華街

比較的初期の五十代の頃の作品、飯田龍太選による三句である。この初期の作を見ても、小野打さんはその初めから重心の低い、完成された作品を詠んでいることが分かる。

例えば秋日和の句、子を身籠ったころを回想しているのだろう。母としての充足が秋日和のなかに溶けていく。身の内の糸の句、寒気にこわばった身体が、春の訪れによって糸がほぐれるように柔軟になっていく実感を、春の波の繰り返しに同調させる。秋日和、春の波という季語に、奥行の深い季節の情感があり、作者の肉体感覚とのつながりにあたたかい抒情が流れている。一方、年惜しみつつの作、年末の横浜中華街の雑踏を、省略を利かせ一気に詠む。

この充実の日々へ病が訪れる。

昼炬燵六腑のひとつ失せにけり

この頃、胆石を手術している。炬燵にあたって予後の身を癒しているのだろう。昼の一語に試練を乗り越えた安堵が思われる。

そしてこの五十代の後半、作者は母の死に直面する。

咳とても母に生ある証しなり
冬空へ母は佛になりに行く
外凍てて母のたましひ出て遊ぶ
咳止んで臨終といふ別れかな
慟哭ののちの放心冬の闇

作者は母との永別を冷静に受け止めている。母の臨終の病床に母の咳が響く。咳は苦しそうだが、その咳こそがこの世に生きる証しだと詠って切ない。冬空は、病室から眺めた空だろう。その空へ母は旅立っていく。冬の闇は、放心の作者の前に深くつづく。母との永別を描く作は、季語が作者の心を受け止め、その向こうに遥かな広がりがある。

八ヶ岳の一岳曇るななかまど
野分後の赤松ぬきんでて淋し
かいつぶり無明の闇を浮いてきし
緋メダカにまことのいのちありにけり

六十代から七十代へかけ、作品はこのような明暗、陰影を示す。八ケ岳を背景にななかまど、また野分後の寂しげな赤松と、大景のなかに対象を鮮明に描く。また、かいつぶりが夜明けの闇を抜け、緋メダカが水のなかを定まりなく泳ぐ。生命の不思議を自在に描いている。

## 佐渡

ひきがへる老いの世阿弥にはべるなり
黄落や余白明るき八一の書
西行の歌集閉づれば春の雪
鎌倉を目指せし古道曼珠沙華

またこのような文芸、歴史にゆかりの固有名詞を詠み込んだ作があってその世界を広げている。ひきがへるは、佐渡を訪れた時に出会う。佐渡に流された世阿弥は六十代、老いたと言って間違いない。眼前のひきがへるが四百年を越えて老いた世阿弥に仕える。会津八一は、自由でゆるやかなひらがなの書が知られている。黄落のなかで書幅の余白が明るく映える。西行の歌集の句に降る春の雪、「ねがはくは花のしたにて春死なんそのきさらぎの望月の頃」を思い出す。鎌倉古道の傍らの曼珠沙華は、源頼朝以来の北条氏歴代の武将を連想する。

近年、八十代の作品は、一段と充実を示す。例えば眼前の風景をこのように詠む。

鳥雲に入るや赤子は指しやぶり
思惟佛のおん眉桜紅葉かな
菩提寺や万両の実のまくれなゐ
白牡丹その純白を楯となす

渡り鳥が北へ帰ろうとする頃、無心に指をしゃぶる赤子の生命感を生き生きと描く。京都の広隆寺の半跏思惟像だろう、その穏やかな表情の弥勒菩薩が桜紅葉のあかるさのなかに浮かび上がる。菩提寺の真赤な万両の実。それぞれ鮮やかな情景を若々しく描く。殊に白牡丹の作は、色彩を純白と捉え、楯となすと心象を重ねて表現、白牡丹のやわらかく豪勢に咲く様子を奥行ある把握によって表現している。

同時に、先の大戦の空襲の情景ではないかと思われる作品がある。

焼かるるも微笑みゐしか内裏雛

この内裏雛のほほ笑みは、戦争で滅んでいった日本の文化やそれに伴うさまざまを連想させ、戦争の多くの犠牲者に思いが及ぶ。
中でも次の一句に印象が深い。

露けしや世を経し母の黒真珠

母から受け継いだ黒真珠は、八十年になんなんとする戦後の歳月を映して、露めく大気の下で底光りを放っている。
小野打美智子さんの卒寿を言祝ぎ、今後の作品に期待したい。

令和六年九月

あとがき

学校を出てすぐ結婚、当時は当たり前のように舅姑と同居、そして二人の子供に恵まれ幸せな家庭生活でした。

子供たちも大きくなり夫の両親他界、夫の単身赴任など生活に変化が表れてきました。ふと心中何か拠り所を求める気持ちが湧いてきました。そのころ「晴居」に所属していた実母が「俳句は楽しいからあなたもおやりなさい」と言ってくれました。

たまたま朝日カルチャーセンターが立川にあるのを知り、早速入会、俳句教室に入れていただきました。この時が私と俳句との初めての出会いでした。講師の庄司圭吾先生よりイロハのイから手ほどきを受けました。間もなく飯田龍太先生の「雲母」に入会、全く怖いもの知らずでした。

昭和六十一年庄司先生が「多摩句会」を創立、楽しく学ばせていただきました。しかし、平成十年庄司先生は急逝されました。その後、約一年ほど廣瀬直人先生がお忙しい中お時間を割いて講師でご指導くださいました。

平成十二年淺井一志先生をお迎えし、「多摩句会」は現在に至るまで熱心なご指導をいただいております。

令和六年私は九十歳になりました。顧みますとずいぶん長い年月を俳句と共に生かされてきたものと感慨深いものがあります。それはひとえにご指導をくださいました先生方は勿論、句友の方たちとの親交、また家族の陰ながらの応援、それに目には見えないけれど何か大きなものに曳かされているような気がして、全く俳句と共に勿体ない程の幸せな時間を過ごさせていただき、感謝の気持ちでいっぱいです。

今回、不器用ながら主婦ひとすじに生きて来た自分の人生の節目の証しとして思い出の句をまとめてみました。

遠い昔、終戦の日疎開先の叔父の家に大きな百日紅が盛んに咲いていていたのを未だに忘れられず句集名を「百日紅」といたしました。

このたび句集刊行に際しまして、飯田龍太、廣瀬直人両先生による鑑賞文を使わせていただくに当り、ご許可をくださいました飯田秀實氏、廣瀬悦哉氏に心より厚く御礼申し上げます。

また「郭公」主宰井上康明先生には身に余る跋文を賜りました。重ねて御礼申し上げます。

令和六年十月

小野打美智子

著者略歴

小野打美智子（おのうち・みちこ）

昭和９年７月７日　東京生まれ
昭和60年　朝日カルチャーセンター立川　俳句教室に
　　　　　入会　庄司圭吾に師事
昭和61年　「雲母」入会　飯田龍太に師事
平成４年　「雲母」終刊
平成５年　「白露」創刊　廣瀬直人に師事
平成24年　「白露」終刊
平成25年　「郭公」創刊　井上康明師の選を受ける
令和５年　「郭公」同人

現住所　　〒186-0004　東京都国立市中一丁目17-11

句集　百日紅　さるすべり

二〇二四年一一月一四日　初版発行

著　者——小野打美智子

発行人——山岡喜美子

発行所——ふらんす堂

〒182-0002 東京都調布市仙川町一—一五—三八—二F

電　話——〇三（三三二六）九〇六一　FAX〇三（三三二六）六九一九

ホームページ https://furansudo.com/ E-mail info@furansudo.com

振　替——〇〇一七〇—一—一八四一七三

装　幀——君嶋真理子

印刷所——日本ハイコム㈱

製本所——㈱松　岳　社

定　価——本体二八〇〇円＋税

ISBN978-4-7814-1707-3 C0092 ¥2800E